HÉSIODE ÉDITIONS

CHARLES DE COSTER

Contes brabançons

Hésiode éditions

© Hésiode éditions.

1 rue Honoré - 93500 Pantin.
ISBN 978-2-38512-095-5
Dépôt légal : Novembre 2022

Impression Books on Demand GmbH

In de Tarpen 42
22848 Norderstedt, Allemagne

Contes brabançons

I.

Domburg est un petit bourg bâti sur la côte occidentale de l'île de Walcheren. Il fut entre tous ses frères, les villages de Zélande, si éprouvés par les mouvements de terrain et les inondations, l'un des plus infortunés et des plus éprouvés. Un horrible incendie le dévora un jour tout entier ; à peine renaissait-il de ses cendres que la mer se rua sur lui et engloutit la moitié de ses maisons : elles dorment maintenant sous le sable ; Domburg alors fit retraite derrière les dunes et là fut de nouveau rebâti ; ce que l'on voyait de lui en mil huit cent cinquante-sept, c'étaient de coquettes habitations de briques alignées dans une longue grande rue et dont les portes, les volets, les montants et les traverses des croisées sont peints pittoresquement en gris, en vert et en rouge.

Domburg est un bourg de bains où les gens aisés de l'île et sans doute d'ailleurs, aiment à venir prendre les eaux de la mer du Nord, Domburg les reçoit dans de jolies auberges qui sont comme des villas au milieu des arbres. De sa plus haute dune vous voyez comme un bouquet flottant sur la mer, toute l'île de Walcheren.

II.

Josephus Hermann, Gantois d'origine, habitait avec sa fille Anna, la grande rue du bourg. Hermann appartenait à cette race d'hommes trapus si communs dans nos villes flamandes : il était très-fort et très-bon, voire même débonnaire. Il fallait seulement éviter de le fâcher : car un matelot ayant voulu un jour embrasser Anna de force devant lui, Hermann le jeta par la fenêtre. Anna avait seize ans, des yeux d'un brun doré, des cheveux blonds et les plus belles formes de jeune fille que puisse rêver l'imagination d'un sculpteur avide de beauté : son jeune sang colorait si délicatement le fin tissu de ses chairs qu'elles semblaient toujours éclairées par quelque soleil levant.

Le compagnon habituel d'Anna était Braf, grand chien blanc de Terre-Neuve. Un poëte eut peut-être vu quelque génie captif sous la forme de Braf, tant ses grands yeux étaient pensifs, mystérieux et profonds. Braf flairait l'ennemi là où Anna ni Hermann ne voyaient rien ; il le dénonçait par de sourds grondements, le retroussement des lèvres et une colère marquée ; Hermann et Anna pouvaient aimer en toute confiance ceux à qui Braf allait demander des caresses : mais le père ni la fille ne comprenaient pas toujours les avis qu'il leur donnait ; Braf en ce cas allait s'étendre près de l'âtre et là, couchant sur ses pattes puissantes son gros museau découragé, il semblait se dire : Ha ! si je parlais hollandais, comme ils verraient qu'un pauvre chien juge mieux qu'eux des hommes et des choses.

Braf avait jadis appartenu au beau-frère d'Hermann employé par l'Human society of London, au sauvetage des naufragés sur les côtes du pays de Galles. Chacun sait les grands services que les chiens de la race de Braf rendent dans ces périlleuses expéditions : celui-ci s'y comporta fort bien.

La sœur de l'employé, femme d'Hermann, tomba dangereusement malade : elle écrivit à son frère qui arriva de Liverpool avec Braf, mais trop tard pour dire adieu à celle que la mort avait déjà frappée. Ce frère s'établit à Domburg, et y mourut à son tour d'ennui ou de la fièvre : Anna hérita de son chien et de ses économies.

III.

Un soir de juin, Hermann était pensif : Anna, dit-il à sa fille, depuis longtemps il neige sur mes cheveux, quand viennent ces fleurs de cimetière, les cheveux tombent et l'homme avec eux : il faudrait songer à te marier, mon enfant. La mort, poursuivit Hermann, vient comme l'orage : que de fois dans un beau ciel où rayonnait un éblouissant soleil, n'as-tu pas vu se montrer un petit grain noir, un rien, un innocent flocon de vapeurs qui peu à peu grandit, devient énorme, semble appeler à lui tout ce qu'il y a de nuées sur la mer et la terre, cache le ciel, éteint le soleil et met l'ombre noire où tantôt était la claire lumière. Ainsi de nous, mon enfant, le petit point noir c'est…

Hermann s'interrompit : Pourquoi donc, dit-il, notre chien est-il inquiet ? Regarde-le, il va, vient, me regarde, dresse les oreilles, couche le museau sur le sol, souffle bruyamment. On prétend que parler de morts évoque les fantômes, parler d'orage appellerait-il la tempête ? Braf demande à sortir, ce n'est point sans motif ; qu'il sorte donc.

Hermann ouvrit la porte, Braf partit comme une flèche dans la direction de la mer. – Que diable se passe-t-il ! dit-il encore. N'entends-tu rien ? ne vois-tu rien ?

– Non, répondit Anna.

Hermann et sa fille étaient debout sur le seuil de la porte : ils essayaient de voir ou d'entendre : le village dormait, il était dix heures du soir, la rue était déserte et la nuit claire ; un vent aigre soufflait, une grosse pluie commençait à tomber ; rien ne troublait le silence que le grincement de quelques girouettes de tôle rouillée et le bruit sourd et monotone de la mer qui déferlait sur le rivage.

– Mon père, mon père, s'écria tout à coup Anna, j'entends des coups de carabine ! Il est arrivé un malheur sur mer, de pauvres gens en danger demandent du secours ! Mon Dieu ! seraient-ce ce médecin et ces trois messieurs qui sont allés ce matin chasser aux mouettes ! Il me semble que je les entends crier, et Braf qui aboie ! Ho ! c'est horrible ! Ils étaient si imprudents tantôt quand ils essayaient en riant, de faire chavirer leur chaloupe… Il y en avait un surtout, un beau jeune homme en costume de chasse !… mon père, mon père, il faut aller à leur secours !

IV.

Hermann n'avait pas attendu la recommandation de sa fille pour faire son devoir : pendant qu'elle parlait il se chaussait. Puis il alluma une lanterne et partit au galop. Sur le haut des dunes, il entendit des coups de carabine et des cris qui redoublèrent d'intensité quand, de la rive, on put apercevoir sa lanterne. Hermann courut vers l'endroit d'où ils partaient. Il accrocha sa lanterne au fer d'une gaffe qu'il avait prise à tout hasard, planta sa gaffe dans le sable et s'avança dans l'eau jusqu'à mi-corps ; il entendit alors comme un bruit de rames et une voix désespérée qui lui criait : Un homme à l'eau, tombé à ta gauche, cherche ! Cinquante florins si tu le sauves !

Hermann ôtait déjà sa veste pour se jeter à la mer, quand il entendit à quelques brassées de distance, une respiration haletante et vit sur le dos d'une vague, une forme blanche traînant une forme noire ; toutes deux venaient vers lui. Il reconnut Braf son chien lequel amena un homme sur la plage.

Pendant qu'Hermann donnait au noyé les premiers secours, il criait à tue-tête : Par ici ! messieurs, par ici ! votre ami est hors de l'eau ; sauvé peut-être. Dieu soit loué !

– Bravo ! cria-t-on de la chaloupe, bravo et merci !

– Ramez, criait Hermann, ramez dans la direction de la lanterne, je tirerai votre coquille de noix sur le sable. Hermann ne mit pas beaucoup de temps à cette dernière opération. Quatre personnages sortirent de la chaloupe. Tous quatre étaient désolés et surtout un médecin qui cependant faisait de son mieux pour rassurer ses amis. Il prit la lanterne des mains d'Hermann et l'approcha du visage du noyé.

Après un court examen : Peut-être, dit-il, pourrons-nous le sauver, il sait nager, il ne doit pas être resté longtemps sous l'eau ; dépêchons ! Allons, messieurs, prenons Isaac par la tête, les bras, les pieds, et au pas de charge jusqu'à la plus prochaine auberge. Ce qui fut dit fut fait, la plus prochaine auberge était le Schutter's Hof, Hermann y fit conduire le noyé.

V.

Isaac de Wildensteen, tel était le nom de celui que l'on venait de tirer de la mer, Isaac donc fut étendu de tout son long sur une table : le médecin ordonna qu'on le dépouillât de ses vêtements, qu'on le frictionnât et lui bourra le nez d'un âcre tabac à priser dont l'hôte du Schutter's Hof faisait ses délices habituelles ; lui-même aida à la rigoureuse exécution de ses prescriptions. Isaac ayant été pendant un quart-d'heure étrillé plutôt que frictionné fit une grimace épouvantable suivie de plusieurs bruyants éternûments.

— Sauvé ! dit le docteur, en offrant à Hermann un billet de cinquante florins.

— C'est bon à prendre, répondit celui-ci, mais çà porte malheur à garder.

— Je te ferai décorer d'une médaille, dit le docteur.

— Je la mettrai au cou de Braf, repartit Hermann, qui s'en retourna chez lui, trouva sa fille veillant et inquiète et lui annonça que son beau chasseur était en effet tombé à l'eau, mais qu'avec l'aide de Dieu et celle de Braf, on avait pu l'en retirer à temps.

— Ce Braf est une bien bonne bête, répondit Anna.

VI.

Isaac de Wildensteen avait un caractère assez bizarre, il était beau, riche, assez jeune, point méchant, il connaissait le jargon qu'il faut parler à certaines femmes, avait plus de sens que de cœur et eût été un Don Juan terrible s'il avait été moins couard : mais Isaac était de ces beaux coqs de boudoir qui ont plus de crête que d'éperon et préfèrent s'abstenir de galants triomphes plutôt que de risquer d'être blessés en l'honneur de deux beaux yeux : peut-être même se fut-il marié pour éviter l'épée ou le bâton d'un père désireux de venger sur un séducteur la honte d'une fille abusée.

Un jour, par une belle matinée de juin, un clair soleil versait à flots sa lumière dans la longue salle à trois croisées où se tenaient d'habitude Hermann et Anna ; Hermann lisait sa bible sous le manteau de la cheminée, Anna cousait près de l'une des fenêtres ; quelques morceaux de tourbe fumaient dans l'âtre, un chardonneret gazouillait au-dessus du manteau de la cheminée, un vieux perroquet imitait le cri du corbeau et frottait avec bruit son bec aux barreaux de sa cage posée sur une table. Braf couché aux pieds d'Anna ronflait comme un tonnerre. Soudain il se dressa, gronda et s'élança vers la porte : quelqu'un frappait, Hermann cria : Entrez ! le bel Isaac se montra à la porte. Il parut d'abord effrayé de voir là l'énorme chien, mais Hermann appela Braf près de lui, Isaac alors s'avança dans la salle : il fut ravi en voyant Anna, lui fit un salut gracieux et un compliment bien tourné, Anna toute rougissante répondit par un signe de tête au salut et au compliment ; puis Isaac se tournant vers Hermann expliqua le but de sa visite et remercia chaudement son sauveur.

– C'est à Braf, dit Hermann, que revient l'honneur de ce sauvetage.
– Mon hôte me l'a dit, repartit Isaac en avançant la main pour caresser Braf. Mais Braf ne parut point sensible à cette attention et se retourna pour mordre Isaac. Cela lui valut un coup de pied d'Hermann. Il parut étonné de le recevoir, alla s'étendre dans les cendres, coucha la tête sur les deux pattes de devant, ne cessa de regarder Isaac d'un regard menaçant et gronda chaque fois que celui-ci ouvrit la bouche.

Hermann offrit à Isaac un verre de claar : Isaac accepta.

La conversation s'animait, Anna était gaie, très-rouge et parlait avec une volubilité inaccoutumée : Isaac vit qu'il ne lui déplaisait point : puis une sombre réflexion lui traversant l'esprit, il s'interrompit au milieu d'une phrase galante pour demander à Hermann s'il était vrai qu'un matelot fût un jour sorti de chez lui par la fenêtre ? Hermann et Anna répondirent : oui, en souriant ; Isaac eut le frisson en voyant ces sourires. Quand il les quitta, Braf le reconduisit malgré lui jusqu'à la porte.

VII.

La grande beauté d'Anna ne manqua point d'agir sur son inflammable cerveau : Hermann tenait une petite boutique de liqueurs et d'épiceries ; Isaac avait ainsi ses plus franches coudées pour voir la jeune fille. Il pouvait lui parler deux fois, trois fois par jour, soit devant son père, soit quand elle était seule ; certes en ce dernier cas, il eut été maintes fois entreprenant, mais Braf s'obstinait à ne pas sortir de la chambre. Il semblait s'être fait le gardien de l'honneur de la jeune fille, car chaque fois qu'il faisait mine de lui prendre seulement la main, Braf grondait et paraissait prêt à lui sauter à la gorge. Isaac avait plusieurs fois supplié Anna de mettre à l'attache cet ami incommode, jamais elle ne prétendit le faire.

Deux mois s'écoulèrent : Anna aimait Isaac, Isaac aimait Anna ; mais à sa manière : depuis longtemps déjà, il lui était impossible de s'écarter de la maison où elle habitait ; quand il n'y pouvait entrer il tournait autour. Cet humble foyer, ce calme intérieur où régnait, comme la fée de la jeunesse, la lumineuse beauté de la jeune fille, étaient pour lui ce qu'est le pôle pour l'aiguille aimantée. Ses pensées et ses rêves dont chaque heure augmentait la poignante effervescence lui représentaient sans cesse le clair regard des yeux bruns de l'aimée, la grâce de sa démarche et tous ces doux trésors de beauté auxquels la virginité ajoutait un prix inestimable ; mais il aimait Anna pour lui, non pour elle ; il résolut donc d'en faire sa maîtresse. Un beau jour, il apprit qu'Hermann devait se rendre le lendemain avec Braf à Middelburg, à trois lieues de Domburg, pour y rencontrer un M. Verhaegen de Goës et lui vendre la récolte sur pied d'un champ de garance. L'occasion était belle, Anna devait être seule toute la journée, c'était ou jamais le moment d'agir. Le vendredi matin, donc, Isaac mit ses plus beaux habits, se para de ses plus riches bijoux, entra chez Hermann, traversa la boutique et tremblant encore plus de peur que d'amour, ouvrit la porte de la chambre où il trouva Anna seule et rapiéçant près de la fenêtre, une vieille veste de velours de son père.

VIII.

À l'entrée d'Isaac elle se leva : Ha ! Monsieur Isaac, dit-elle, vous êtes beau comme un astre.

Wildensteen ne répondait pas et regardait autour de lui :

– Que cherchez-vous, lui demanda Anna.

– Pourquoi donc, répondit-il hypocritement, ne vois-je ici ni Braf ni votre père.

– Vous savez bien, dit-elle, qu'ils sont partis à deux, ce matin, pour Middelburg.

– Tant mieux, repartit Wildensteen, tant mieux, nous aurons du moins le temps de causer.

– Ne l'avons-nous pas toujours ?

Wildensteen ne répondait pas, il était debout devant Anna et la regardait avec une persistance que la passion pouvait montrer aussi bien que le véritable amour. Anna rougissait et baissait les yeux :

– Ne me regardez pas ainsi, dit-elle, voulez-vous ?

– Ne pas te regarder, s'écria Isaac, mais tu ne sais donc pas que tu es belle entre toutes ; tu ne sais pas que j'aime comme un fou ton beau visage, tes yeux d'ange, ton bon cœur. Tu ne sais pas combien d'heures j'ai passées à regarder ton portrait gravé dans ma pensée. Je voyais alors ce chaste bonnet blanc, cette plaque d'or qui brille sans le cacher, sur ton front pur. Que de fois modeste soupirant, je t'ai contemplée de loin allant au temple, coiffée de ton joli chapeau de paille, parée de ton collier de corail à large agrafe d'or ; chaussée de petits souliers de velours à boucle d'argent, tandis que ta taille svelte et ton beau corps se dessinaient sous ton corsage de soie changeante et que les gros plis de ton jupon bleu à raies mates et brillantes trahissaient le gracieux et divin mouvement de tes hanches.

– Ce ne seraient pas des habits que j'aimerais, moi, Isaac, dit Anna.

Isaac n'entendit ou ne comprit point.

– Ha ! poursuivit-il avec plus d'enthousiasme, plus belle qu'une reine ! plus belle que la fiancée du bel archange déchu ! Anna ! si nous étions seuls, loin du bruit, loin du monde, nous inventerions le bonheur, si Dieu ne l'avait déjà fait pour ceux qui s'aiment.

– Taisez-vous, dit Anna.

Il se jeta à genoux.

– Hélas, dit-il, les yeux brillants de fièvre, les femmes ne savent pas tout ce qu'elles peuvent nous faire souffrir, que leur importent nos nuits sans sommeil et nos jours sans repos ! que nous soyons comme le damné dans des flammes de soufre et qui étend les bras vers les fraîches plaines du ciel, dont ses bourreaux lui montrent le mirage trompeur ; que le cœur nous batte, que le sang nous brûle ; sentent-elles seulement la chaleur de ce feu qui nous dévore ? Ha ! triste amour ! long martyre ! elles sont belles, se regardent au miroir, s'admirent, et cela leur suffit.

– Vous êtes méchant, dit Anna.

– Méchant, répéta-t-il.

– Oui, répliqua-t-elle. Puis craignant d'en avoir trop dit, elle détourna la tête. Une larme tomba sur le sol.

– Tu pleures, dit-il, ha ! pauvre colombe. – Anna hochait la tête. – Que signifie ce geste, t'imagines-tu que je te veuille tromper, tu seras ma femme, ma compagne, plus heureuse que les autres et plus libre surtout ; ma femme devant Dieu, Anna, car l'intervention des hommes troublerait la sainteté de notre amour.

– Isaac, dit la jeune fille, je ne te comprends pas bien, mais il ne faut jamais mentir à Dieu ni à moi…

– Enfin, s'écria-t-il, tu m'aimes donc.

Il se pencha pour l'embrasser, elle le repoussa.

– Pourquoi, dit-elle, viens-tu toujours ici quand mon père n'y est pas.

– Que sais-je, moi, répondit-il, en la serrant malgré elle contre lui, tandis qu'Anna étendait les mains en avant pour se garantir de ses baisers, – que sais-je, moi, pourquoi je viens, je viens parce que je viens, parce que je t'aime, que je veux te voir, que tu es belle, que je ne puis me passer de toi et qu'il faut que tu m'aimes…

Soudain la porte s'ouvre. Isaac fait un bond en arrière, il regarde Anna comme un criminel son juge, il bégaie d'une voix hoquetante : Pas un mot, ne lui dis rien encore, je t'en supplie.

– Pourquoi pas donc ? répond innocemment Anna.

IX.

Les voici, ces deux êtres terribles qu'il espérait tant ne pas voir de la journée : l'un rôde autour de lui, la queue haute et en montrant les dents : quelles canines épouvantables ! À quelle partie de son corps ce monstre va-t-il les appliquer ? Sera-ce au bras, au cou, aux jambes ? Ce ne sont pas des dents cela, ce sont des crocs, des boutoirs, des tenailles. Ha ! qu'il doit faire bon dehors, et quel air pur que celui qu'on ne respire pas dans cette chambre ; Isaac étouffe, Hermann est là aussi, tenant par le bouton la porte entrebâillée, son regard est bien perçant ce matin, ces grosses mains qu'il a au bout des bras sont les mêmes qui jadis jetèrent par la fenêtre l'infortuné matelot. Était-elle ouverte ou fermée ce jour-là, cette fenêtre ? Si elle était fermée comme maintenant, le pauvre homme a donc passé au travers, il est donc tombé déchiré et saignant dans la rue ; Isaac a froid, Hermann ouvre la bouche. Que va-t-il dire ? que l'affaire est faite, la garance vendue, qu'à deux pas de chez lui, au Lion-Rouge, chez Jan Maranus, il a rencontré M. Verhaegen de Goës, avec qui il devait faire marché et qui venait passer quelques jours à Domburg pour y prendre des bains. Comme si M. Verhaegen ne pouvait pas se baigner chez lui. Isaac tremble, il est pâle, il n'ose lever les yeux ni sur Hermann dont il craint de rencontrer le regard, ni sur Braf qui tourne autour de lui en grondant, ni même sur Anna.

La jeune fille prend son trouble pour de la timidité, elle s'imagine qu'il doit être pressé de la demander en mariage à son père, mais qu'il se tait pour n'oser parler ; elle s'approche de lui et lui dit à l'oreille : Ne crains rien, Isaac, mon père est si bon.

Ha ! comme au fond de son cœur Wildensteen enverrait bien loin ce père qui est si bon ; mais il est trop tard, Hermann l'observe attentivement, il regarde aussi sa fille et voit qu'elle est troublée.

– Qu'est-ce donc, lui dit-il, que Monsieur de Wildensteen peut avoir à craindre et qu'a-t-il à faire de ma bonté ?

– Courage Isaac, dit Anna.

– Pourquoi demande Hermann, appelez-vous M. Wildensteen Isaac tout court.

– Ce n'est pas moi qui vous le dirai, répond Anna en s'enfuyant confuse.

Hermann regarde Isaac qui se troublant de plus en plus, dit ce qu'il ne veut pas dire, et bégaie : Oui, oui, certainement j'ai cru, j'ai pensé, mademoiselle votre fille, je l'aime et si…

Hermann sourit : Bon jeune homme, dit-il, faut-il faire tant de façons, pour demander en mariage la fille d'un pauvre homme.

Isaac tressaille à ces mots ; la peur lui a déjà fait faire toutes sortes d'honnêtes réflexions, il s'est dit qu'après tout le mariage n'est pas chose si terrible, qu'Anna est bonne et belle, qu'il lui donnera de splendides toilettes, qu'il pourra être fier de la montrer partout, qu'après tout, faire le bien vaut mieux que de faire le mal et qu'il vaut mieux épouser la jeune fille que de la séduire. Ces bonnes pensées rafraîchissent son esprit et fortifient son cœur, sa couardise s'envole comme une orfraie, il cesse de trembler et d'être pâle et lève enfin sur Hermann un regard clair.

Il parla nettement, apprit à Hermann qu'il habitait Gand, possédait quatre-vingt-mille florins en obligations d'emprunts et des propriétés dans l'île de Walcheren, pour une valeur à peu près égale ; il venait, disait-il, chaque année au mois de juin, visiter ses propriétés ; il fit l'éloge de son caractère, se donna toutes les vertus, parla de sa noyade et la bénit comme l'occasion propice qui lui avait permis de voir Anna pour la première fois ; il avoua son amour pour elle et demanda formellement sa main ; Hermann la lui accorda.

X.

Une dizaine de jours s'étaient écoulés ; Hermann et Wildensteen avaient fait plus intime connaissance ; le vieillard était heureux en songeant au mariage qui se préparait et croyait pouvoir regarder comme assuré l'heureux avenir de sa fille. Quant à Wildensteen, il avait pris bravement son parti de quitter la vie de garçon. D'ailleurs, plus il regardait Anna, plus il l'aimait. Non-seulement il pouvait l'envelopper toute entière de son regard amoureux sans rencontrer une imperfection, mais encore il voyait dans ce pur visage, dans ces yeux toujours francs, tant de confiance, de douceur et de noblesse qu'il ne pouvait pas ne pas les adorer.

Le caractère d'Anna avait un peu changé depuis qu'elle était certaine de se marier. Elle pleura quelquefois sans pouvoir dire pourquoi, et fut souvent absorbée, distraite et pensive. Au dîner il lui arriva d'oublier de manger, et au déjeuner, de mordre successivement à cinq tartines de suite, sans en entamer sérieusement aucune. Elle mit plus d'une fois du sucre dans le bouillon et du sel dans le café. Elle sortit même un soir de chez elle, une lampe à la main et regardant en l'air pour chercher un dé à coudre qu'elle avait mis sur quelque table à côté de son ouvrage. Hermann la surprit plus d'une fois, se disposant à couper du pain pour la pâtée de Braf et tenant pendant cinq minutes le couteau dans le pain sans songer à finir de couper une tranche ; ses prunelles excessivement dilatées semblaient alors vouloir sonder l'espace et demander à l'avenir, la solution du difficile problème du bonheur du mariage ou de ses infortunes. Souvent son visage devenait bon et radieux comme celui d'un ange ; son père qui la regardait ne lui demandait pas de combien d'ardentes caresses et de célestes dévoûments rêvait cette âme de jeune fille en songeant à l'amant qui allait devenir son mari.

Braf seul était maussade dans la maison.

XI.

Six heures, l'heure fraîche où le soleil dissipant les derniers brouillards de la nuit, caresse d'un rayon encore tiède la nature à peine éveillée. On attend Isaac à déjeuner chez Hermann, Hermann rêve, assis près du feu ; sa bible est posée sur ses genoux ; Anna vient de faire le café qui embaume toute la maison, elle caresse Braf.

– Père, dit-elle, n'est-il pas encore l'heure où Isaac doit venir.

– Oui, répond Hermann.

– S'il tarde encore j'ôterai la cafetière du réchaud afin qu'il boive froid ce cher café qu'il aime tant.

Anna n'a garde d'ôter le café du réchaud, au contraire elle attise, en soufflant, le charbon, puis continuant de caresser machinalement Braf, elle laisse peu à peu, ses pensées vaguer dans l'avenir. – Après mon mariage, nous irons habiter Gand, n'est-ce pas, dit-elle, mon père. Tu seras joyeux de revoir tes amis, comme Braf sera peut-être heureux de changer d'air. Il y a quelque temps que je ne l'ai vu rire, tu sais père, quand dans un excès de joie il retrousse les lèvres et montre joyeusement les dents ; allons Braf, ce sera peut-être pour aujourd'hui.

Braf montre les dents, mais ce n'est pas pour rire, il se dresse et gronde ; Isaac entrait dans la chambre.

Anna frappe avec impatience de son petit pied sur le plancher : Il ne changera donc jamais, dit-elle.

– Si, si, répond Wildensteen, quand il m'aura mangé.

– À table mes enfants, dit Hermann.

Le déjeuner touchait à sa fin ; il avait été question d'avenir, de bonheur, d'union heureuse, Hermann avait parlé de sa femme plus jeune que lui de vingt ans quand il l'épousa et morte cependant avant lui : Ma fille, dit-il, j'ai rêvé que la pauvre mère venait m'apporter des fleurs dans ce saladier que tu vois là : on dit que çà ne porte pas bonheur de rêver à la fois de fleurs et de morts ; mais je ne crois pas à ces sottises, qu'il revienne quand il voudra, le cher fantôme ; il sera toujours le bien-revenu. Enfants, je vous bénis en son nom.

Isaac et Anna s'agenouillèrent : Que le Dieu du ciel, poursuivit Hermann, fasse descendre le blé dans vos greniers, le pain dans votre armoire, le vin dans votre cave ; la force dans vos âmes et l'amour dans votre cœur et que Christ vous ait en sa sainte garde. Amen.

– Amen, répétèrent Anna et Isaac.

– Maintenant, dit Hermann, levez-vous, mon fils et ma fille et donnez-vous le baiser des fiancés. Ce fut la première fois qu'Anna livra ses chastes lèvres à la bouche d'Isaac, la première fois qu'il put dire : Je l'ai serrée sur mon cœur. Heureux du plus doux des bonheurs, il tenait Anna embrassée, quand Braf auquel nul ne songeait, ne fit qu'un bond de la cheminée sur Isaac et l'allait étrangler si Hermann, l'arrêtant en son furieux élan, ne l'eût jeté à terre avec une force dont seul il était capable.

Isaac et Anna s'étaient séparés…

– Si ce chien est enragé, dit Hermann avec colère, il faudra le tuer.

– Non, il n'est pas enragé, non, j'en suis bien sûre, s'écria Anna. Elle s'approcha de Braf, lui caressa la tête, en lui parlant doucement : Mon père, dit-elle, il me lèche la main, tu vois bien qu'il n'est pas enragé, laisse le libre. À peine Hermann eut-il ôté la main de dessus lui, que Braf se leva et vint frotter contre les genoux du vieillard, son museau repentant.

– Cela ne suffit pas, dit Hermann attendri, c'est à Isaac qu'il faut demander pardon. Il le reprit donc par le cou et le traîna aux pieds du jeune homme : à peine Braf les eut-il touchés qu'il raidit les pattes et essaya de se reculer.

– Voilà une haine extraordinairement vivace, dit Isaac. Hermann s'emporta ! Il vous demandera pardon, s'écria-t-il, ou je le tue.

Il le frappa, Braf gémit, mais il persista à raidir les pattes et à détourner la tête.

– Il serait dangereux de le pousser à bout, dit Anna, lâchez-le, mon père.

Hermann lâcha Braf ; qui reprit tristement le chemin de l'âtre : là, il se laissa tomber de tout son poids, gémit et regarda Hermann d'un air de reproche.

XII.

Que le lecteur veuille bien prendre la peine de se transporter maintenant à Meulestee, près de Gand, dans un grand parc, au milieu duquel s'élève un joli château renaissance. Le maître du parc et du château s'appelle Dirk Ottevaere. C'est un original que Dirk : du vivant de son père, une espèce de basile, pédant hypocrite et son précepteur, calomnia une jeune fille pour laquelle Dirk avait une passion d'enfant ; il le mit à la porte en lui tenant ce discours. – La jeune fille traversait précisément la pelouse devant le château :

– Regarde pédant, lui disait-il, regarde-la et regarde-toi : tu es bête, tu es laid, tu prises et tu as eu le front de venir te poser ici en représentant de la science qui, disais-tu, rend les hommes bons, et parce que tes caresses de limace ont toujours dégoûté une pauvre enfant, tu as fait sur son compte d'infâmes rapports à mon père. N'ayant pu obtenir son amour tu as voulu lui voler son honneur. Qu'est-ce donc que tes livres t'ont appris ? L'orgueil, la vanité, la paillardise et l'espionnage. Pauvre fille, que je respectai, moi, et que tu voulus souiller ! Mais regarde-la donc et regarde-toi ; la santé parfume son corps comme une rose et je l'aime. Comprends-tu, ce que cela veut dire aimer, savantasse ? Ce n'est pas du grec, çà hein, sinon tu baverais dessus un commentaire. Ha, tu professes la calomnie ; eh bien ! je ne veux pas de tes leçons, je n'ai pas quinze ans, mais je te chasse. Va te plaindre à mon père et s'il te donne raison, je sortirai d'ici, mais avant de partir je t'aurai mis en morceaux, et ce sera pain bénit, car tu es une sottise dangereuse, une méchanceté doublée de latin. Tu m'ennuies depuis trop longtemps à vouloir m'expliquer des choses que tu n'as jamais comprises. Donc prends ta tabatière, tes lunettes, ton Horace et décampe. »

Le pédant n'osa pas ne point partir.

XIII.

Dix ans après, Ottevaere avait oublié sa jeune amie mariée d'ailleurs depuis quatre ans ; il causait sur la place du Marché au Vendredi à Gand, avec l'un de ses amis, quand Isaac et Anna passèrent devant eux et furent accostés par Hermann qui portait du poisson dans un filet. Tous trois s'arrêtèrent ; Hermann passa dix minutes à leur vanter le goût friand du waterzooy espèce de hochepot de poisson : Çà, disait-il, en frappant tour à tour de son parapluie sur son filet et sur Braf qui voulait flairer de trop près la raie, la carpe et les anguilles, çà, mes enfants, si simple que cela paraisse, deviendra un mets de roi, un plat de prince, qui tantôt, grâce aux fins légumes et aux épiceries parfumées que j'y mettrai, embaumera le quai Saint-Michel. Tous les bateliers, par l'odeur alléchés, viendront pousser le nez à la fenêtre de ma cuisine, mais il n'y en aura que pour les amis. Eh bien, mes enfants, serez-vous de la fête ? Isaac, mon fils, l'eau t'en vient à la bouche. Hermann fit un mouvement d'impatience : Braf, poursuivit-il, si vous continuez à vouloir manger mon dîner d'avance, je vous casserai mon parapluie sur les reins. Vous n'en ferez rien, mon père, disait Anna.

Je n'en ferai rien, c'est vrai, répondait Hermann en caressant Braf, mais je dois ajouter, dit-il, en parlant à son chien, que tu le mériterais cependant, car il faut être complètement dépourvu de flair et d'odorat, pour ignorer, comme toi, que le poisson cru est un mets détestable…

Braf agitait la queue avec une satisfaction visible ; ce qui indiquait son insensibilité profonde à l'endroit des paroles outrageantes d'Hermann.

C'était en novembre, il faisait un froid de loup ; il allait neiger ; Anna était vêtue de soie et de velours noirs, elle portait un jupon anglais à larges raies rouges : Dirk ne la quittait pas du regard : Ce jupon, dit-il tout à coup, brille comme une fleur dans la boue, c'est une invention diabolique ; rouge et noir, les couleurs de l'amour, la tristesse et le feu. Comme il lui entoure bien la jambe, comme il appelle bien l'attention sur ces pieds de fée que je baiserai en rêve. Cette femme est excessivement belle ! Vois donc comme elle se tient droite et fière, il y a là du sang jeune, des nerfs sensibles, des muscles forts. Les cheveux bruns ont des reflets roux et dorés, le teint est chaud, le front ouvert, les yeux sont grands. L'étrange regard innocent, curieux et chercheur ; regard d'enfant devenue femme trop tôt. Que lui manque-t-il ? Le bonheur sans doute. Quel bizarre sourire : j'y vois le courage qui se fait gaîté, l'honnête femme qui rit pour ne pas pleurer : la voici qui s'éloigne au bras de son mari, je dois la suivre ; mon cher, c'est un événement dans ma vie que l'apparition de ce jupon rouge !

Dirk suivit Anna jusqu'à la chaussée Saint-Amand où elle habitait. Rien ne ressemble en certains cas, à un voleur, comme un amoureux : Dirk remarqua que le jardin de la maison d'Anna donnait sur des prairies et qu'il était aisé d'y pénétrer.

Puis il rentra à Gand dans un état nouveau pour lui ; il était préoccupé et ne savait ce qu'il faisait.

XIV.

Vers cinq heures, la nuit étant tombée tout à fait, il passa sur le Ketelbrug, l'un des nombreux ponts de Gand. Il vit à la lueur d'un réverbère, un homme du peuple qui, appuyé sur la balustrade du garde-fou, regardait d'un air morne, couler l'eau noire de l'Escaut.

Dirk reconnut un peintre en bâtiments nommé Pier qui, l'an dernier, avait travaillé chez lui, à Meulestee.

– Bonsoir, Pier, dit-il en lui frappant sur l'épaule.

Celui-ci fit le geste d'un homme qui s'éveille en sursaut.

– Monsieur Dirk ! s'écria-t-il. Ottevaere remarqua qu'il avait les yeux rouges et lui demanda ce qu'il faisait là.

– Pier répondit en montrant le fleuve : Celui qui coucherait là-dessous serait certain de ne pas avoir sur le dos la neige qui tombera cette nuit.

– Deux couvertures de laine vaudraient mieux, repartit Ottevaere.

– Oui, il n'y a rien de tel quand on ne les a pas vendues.

– Tu es donc tombé bien bas, Fier ?

– Ce n'est pas de ma faute, j'ai une fille, un riche négociant voulut en faire sa maîtresse, car Kattau est belle. Grâce à ses conseils je me lançai dans une sotte entreprise ; en m'établissant marchand de couleurs, rue des Champs presque à côté du magasin de Van Imschoot qui débitait, mais en gros, le même article que moi. Je ne réfléchis pas que c'était l'acte d'un fou de prétendre faire la concurrence porte à porte, à une maison ancienne et bien achalandée. Je ne sais quel sort ou quel guignon me poussait, jamais je ne m'étais autant pressé que pour m'aller étrangler à ce lacet. La vente ne suffisait pas au prix de location ni au pain de chaque jour. Au bout de cinq mois, tout ce que je possédais était fondu, le négociant vint alors et me somma de payer les quatre cents francs d'effets que je lui avais souscrits en me disant que, si je voulais le soir même lui envoyer ma fille, il serait seul, la traiterait bien et lui remettrait les effets sans qu'elle eût besoin de lui apporter un rouge liard. Kattau fut encore plus indignée que moi de cette honteuse proposition ; nous jetâmes le négociant à la porte. Le lendemain les huissiers vinrent, Kattau s'enfuit chez une vieille parente, elle n'y mange pas de biscuits tous les jours, mais elle est certaine, au moins, de ne pas mourir de faim ; moi, je suis sous le coup d'un mandat d'arrêt ; je ne sais où me cacher : si je me livre à la justice, je serai condamné à la prison sans espérance d'en sortir jamais ; ma fille n'est pas responsable de mes dettes, elle est jeune, elle n'a pas besoin de moi et…

— Et, dit Ottevaere, tu regardes l'eau, comme si l'eau avait jamais payé les dettes de personne. Tiens, voici mon portefeuille, je crois qu'il contient mille francs ; prends-le. Paie ce que tu dois, garde le reste et si tu pries quelquefois, fais-le pour un jupon rouge auquel tu dois de m'avoir trouvé de si bonne humeur aujourd'hui.

— Un jupon rouge, dit l'homme.

— Eh bien oui, un jupon rouge qui demeure chaussée de Saint-Amand et qui n'est peut-être pas plus heureux que toi.

— Mais, monsieur, dit Pier, on va croire que j'ai assassiné le bourgmestre…

— Laissez croire, Pier, laissez croire…

— Mais, monsieur Ottevaere, dit encore Pier, vous vous êtes vidé comme un poulet…

– C'est vrai, répondit Ottevaere, prête-moi cent sous, je te paie une pinte d'uitzet.

– Non, dit Pier, c'est moi qui régale. Puis il se tourna vers l'Escaut et faisant un geste de mépris ; Voilà, dit-il, pour les bains de rivière !

Trois jours après, une belle jeune fille nommée Kattau, se présenta chez Anna à qui elle plut tellement qu'elle devint sa femme de chambre.

XV.

Ottevaere avait deviné juste en disant qu'Anna n'était pas heureuse : deux ans s'étaient d'ailleurs passés depuis leur mariage, deux ans, c'est-à-dire plus qu'il ne fallait à un homme du caractère d'Isaac pour être las de l'amour même d'un ange et désirer le changement. La scène que je vais raconter donnera une idée exacte de l'état habituel de leurs relations. Ils se trouvaient tous deux, un soir, dans un salon meublé de gris et de palissandre, où Anna passait presque toutes ses journées ; Isaac était couché sur un canapé, les pieds en l'air, à l'américaine, et fumait un cigare.

Assise à une petite table sur laquelle était posée une lampe, Anna tournait et retournait entre les doigts une petite clé.

– Pourquoi, disait-elle, pourquoi me reprendre cette clé ? Ai-je mérité d'être destituée, ai-je commis la moindre infidélité ou détourné à mon profit la moitié d'un centime ?

– Non, répondait Isaac, non, mais enfin…

– Mais enfin, donne-moi une raison, un motif ; Isaac, tu le sais, cette clé ce n'est pas seulement celle de la caisse mais c'est aussi celle de ta confiance et de notre bonheur.

– Il ne s'agit pas de ça, répondait impatiemment Isaac ; j'aurai bientôt besoin de beaucoup d'argent, je veux t'épargner l'ennui d'ouvrir et de rouvrir sans cesse ce coffre-fort, voilà le fait simple et vrai sans qu'il soit le moins du monde question, pour toi de perdre ma confiance, ni pour moi de porter atteinte à notre bonheur.

– Anna hochait la tête : Pourquoi, disait-elle, auras-tu si souvent besoin d'argent ?

– Il est vaguement question de guerre générale, les actions de tous les emprunts subissent une baisse effrayante, c'est le moment d'acheter de tout pour revendre après.

– Je n'entends rien à ce jargon ; te donnera-t-on du papier en échange de ton argent :

– Oui.

– Verrai-je ce papier ?

– À quoi bon ? je le laisserai chez mon banquier de Bruxelles…

– Qui te délivrera un reçu ?

– Ce n'est pas nécessaire.

– Tu devras sans doute aller souvent à Bruxelles ?

– Oui, mais je ne manquerai jamais de revenir le soir.

– Tiens-tu beaucoup à cette clé ?

– Je ne serais pas fâché de l'avoir.

– Ni moi de la garder ; tirons-la au sort, à la courte-paille, veux-tu ?

– De quel ton sérieux tu dis cela.

Anna regarda fixement son mari, il baissa les yeux. C'est notre avenir, dit-elle, que nous allons interroger : je perds ; voici la clé, Isaac, un mot : Seras-tu seul à manier ces actions ?

– Seul ! que veux-tu dire ?

– Rien.

XVI.

À Monsieur Isaac de Wildensteen.
Monsieur,
La sainte observance des lois de la morale qui lie entre eux, par des liens solidaires, tous les membres d'une société civilisée, force chacun de ces membres à dénoncer à l'autre le danger dans lequel il pourrait se trouver. Or, monsieur, comme le mariage est l'une des bases de la sécurité de la société, je suis obligé, quoique célibataire, de vous signaler une menace d'attentat à la redoutable sainteté de ce sacrement. J'ai entendu hier dans un estaminet qui, vu les positions respectives de ses habitués, pourrait bien s'intituler café, et où je vais, excusez-moi de parler de moi, me délasser le soir de mes pénibles études, j'ai entendu, dis-je, entre deux jeunes gens, une conversation que je ne veux pas apprécier grammaticalement, bien que les termes m'en aient paru un peu romantiques.

Je sais à quel danger je m'expose si jamais celui que je suis obligé de signaler à votre attention particulière connaissait mon nom et ma demeure. Aussi je les tairai l'un et l'autre : ne croyez pas cependant que je craigne les violences de l'immoralité ; Horace a dit :

Justum ac tenacem propositi virum,
Impavidum ferient ruinæ.

Je suis cet homme incapable de pâlir, mon teint d'ailleurs rend la chose impossible et les coups de bâton les plus rudement appliqués ne m'ôteraient rien de la dignité de mon caractère.

Monsieur, il était hier question de madame votre épouse que, sans avoir l'honneur de connaître, je vénère essentiellement. Le jeune homme dont je veux vous entretenir faisait de sa beauté et de son jupon rouge un éloge très-pompeux mais sans doute des mieux mérités et il a fini par dire : Je lui écrirai, il faut que je lui écrive. J'ai voulu le prévenir, monsieur, et sans tarder, je mets cette nuit même ma lettre à la poste.

Veuillez agréer les assurances multipliées des sentiments sincères de la considération la plus distinguée de votre très-humble et très-dévoué serviteur.

Un ami inconnu.
P. S. Le devoir m'oblige de vous dire son nom dans le cas où par prudence, il ne signerait pas sa lettre : il se nomme Ottevaere, il a de mauvaises mœurs, et habite un château près de Meulestee.

XVII.

Madame de Wildenstein.
Madame,
Je vous ai vue un jour, j'ai besoin de vous écrire. Peut-être un moment viendra où vous me permettrez de vous parler. Avant tout je veux me montrer à vous tel que je suis :

La nature est pour moi une religion, le soleil un ami, la vie un devoir. Il est un Dieu, que j'adore sans le craindre, c'est le machiniste mystérieux de ce spectacle de marionnettes qu'on appelle l'univers. Quand une marionnette ne peut plus faire de service, il la casse et la remplace par une autre. Les hommes sont bien petits dans ce vaste monde, c'est probablement pour cela qu'ils y errent comme des fauves dans un désert et s'y entretuent pour se disputer un chétif emploi, un bout de ruban, un maigre morceau de terrain. Vanité, ambition, orgueil, tristes chimères qu'ils poursuivent : il n'y a pour moi qu'une vérité en trois mots, justice, bonté, amour. Madame, je vous aime. Nul bonheur ne m'a manqué jusqu'à présent, je suis riche, jeune et fort. Demain peut-être, je commencerai à souffrir et regretterai de vous avoir jamais vue. Mais je consens à souffrir pour vous qui n'êtes pas heureuse. Dès à présent je suis tous vos pas et j'espère, car il m'a toujours suffi de vouloir une chose pour qu'elle me réussît.

Ottevaere.

Kattau apporta en même temps les deux lettres que l'on vient de lire, remit la dénonciation au mari et à la femme ce qui faisait l'objet de la dénonciation.

Isaac eut moins vite fini de lire qu'Anna ; au moment où il allait lui demander ce qu'elle lisait là, elle lui tendit sa lettre en disant :

– Isaac, lisez donc cette bizarre missive.

Isaac lut : Bizarre, dit-il, bizarre, je la trouve ridicule, impertinente et sotte. Au feu de suite, la prose de ce vantard, de cet écervelé.

– Je ne le juge pas ainsi, repartit Anna.

– En seriez-vous déjà éprise, par hasard.

– Vous savez que je ne le connais même pas.

– Je sais, je sais… qui est-ce qui sait jamais quoi que ce soit quand il s'agit de femmes.

– Cette insulte était inutile, repartit Anna.

Isaac sortit : En tout cas, se dit-il, je vais voir quelle tournure a ce matamore et si…

Isaac prit une grosse canne, monta en drowski et en descendit à dix minutes de Meulestee.

Un joli château s'élevait devant lui, il demanda à un paysan qui passait si ce n'était point là l'habitation de M. Ottevaere. Précisément, répondit le paysan, et le voici qui vient lui-même, ajouta-t-il en saluant quelqu'un qui débouchait à cheval d'un petit sentier et que suivaient deux superbes lévriers d'Écosse.

Isaac vit qu'il avait affaire à un vigoureux jeune homme, trapu et robuste comme la force elle-même : Un nez aquilin, aux narines facilement dilatées, des yeux d'un bleu gris, enfoncés sous des sourcils épais et traçant une belle ligne horizontale, un front droit et élevé, un cou de taureau, un teint brun, un visage d'un caractère étrange, rêveur et sauvage à la fois, de petits pieds, de petites mains musclées comme des serres d'aigle, tels étaient les traits distinctifs de ce beau flamand que sa mère avait sans doute conçu après avoir longtemps regardé un des puissants tableaux du vigoureux et sensuel Rubens.

Isaac, en voyant la tournure décidée d'Ottevaere, avait caché précipitamment sa grosse canne derrière son dos. Ottevaere fit ouvrir la grille et entra dans le parc sans paraître même l'avoir remarqué. Il eut cependant un petit sourire qui rendit Isaac furieux, mais dissimulant avec soin sa fureur, le terrible mari s'éloigna. Dès qu'il pensa qu'on ne pouvait plus le voir du château, il brandit sa canne avec rage, frappa sur les haies et mit en pièces plusieurs chardons qui n'en pouvaient mais.

En remontant en voiture il injuria son domestique et le traita d'imbécile à plusieurs reprises. Il fit au dîner une scène ridicule à Anna, mais il n'osa lui dire qu'il avait reçu une lettre anonyme ni lui avouer sa couardise à l'endroit d'Ottevaere.

XVIII.

Ottevaere à Anna.
Décembre 1859.
Madame,
Une femme chemine sur une grande route comme une hirondelle voyageuse ; la nuit qui est noire et sera longue vient de tomber. Un homme marche à côté de la femme, elle ne le connaît point, elle n'a pas encore vu son visage, mais elle a entendu son pas lourd et jugé le son de sa voix. Elle soupçonne que cet homme n'a point d'âme et que son corps est faible. Il sera cependant son compagnon de route pour toute la nuit.

La femme a marché pendant quelque temps ; soudain, un éclair illumine le visage de l'homme ; elle voit alors ce qu'elle n'avait fait que deviner, la laideur, la faiblesse et la maladie. Elle est jeune, elle est forte, elle a du cœur ; il lui faudra peut-être porter en route son faible compagnon, subir sa mauvaise humeur, ses plaintes, ses colères. Elle y est décidée, elle le fera.

Anna est ce voyageur, Wildensteen ce compagnon de route, la nuit noire votre inexpérience ; l'éclair, ce sera moi, si vous voulez.

Ottevaere.
Anna brûla cette lettre sans la montrer à son mari.

XIX.

Ottevaere à Anna.

Décembre 1859.

Le volubilis est au sortir de la terre une petite plante frêle et timide. Vous lui prêtez un bout de ficelle afin qu'il s'y accroche, il le fait modestement. Héliotropes, roses et jasmin, vigne stérile et vigne féconde, géraniums et capucines croissent dans votre jardin et cherchent insoucieusement le soleil, sans s'inquiéter du volubilis. Vous n'y pensez plus au petit, mais voici que soudain, à la saison où les feuilles vont devenir rousses, quand les héliotropes tournent encore vers le soleil leurs corolles pâlies, vous voyez dans votre jardin fleurir un beau calice ; il est partout, sur les rosiers, sur les vignes, sur les baies de chèvre-feuille : vous regardez de près la plante à laquelle il appartient, elle a mille vrilles pour embrasser, étreindre, étouffer. C'est le petit volubilis qui est devenu grand. Tel est l'amour, il commence par n'être rien et finit par être tout : il y a quinze jours que je vous ai vue pour la première fois et déjà il n'y a de place que pour vous dans ma pensée.

Anna brûla encore cette lettre et ne dit rien à son mari. Elle devint rêveuse et sortit moins.

XX.

Vers le commencement de janvier, Isaac était à Bruxelles : Hermann vint voir sa fille, il monta près d'elle. Quand le père et l'enfant se furent embrassés, Anna se rassit, sonna et commanda à Kattau d'apporter le déjeuner. Kattau mit le couvert, Hermann fit semblant de boire et de manger, il regardait sa fille ; Anna voulait se donner une contenance, était distraite et trempait de la viande dans du café. Hermann sourit et lui prenant la main : Que fais-tu, dit-il ? Lève donc la tête que je voie tes yeux, ils sont rouges, tu as pleuré ; viens sur mes genoux et parle-moi de toi.

Anna obéit : Mon enfant, dit Hermann, mes amis me demandent souvent : Qu'a donc ta fille ? pourquoi est-elle pâle ? je suis obligé de répondre que je n'en sais rien et que tu ne te plains jamais. Ton mari te tourmente-t-il ou bien es-tu malade ?

Anna embrassa Hermann : – Malade, dit-elle, je ne sais ; il y a des moments où je souffre ; le médecin est venu me voir, il m'a engagée à être gaie, à éviter les émotions ; il m'aurait bien prescrit d'être heureuse, mais il n'y a pas pensé.

– Tu ris encore, pauvre douce fille.

– Pauvre père inquiet, pourquoi ne rirais-je pas ? Isaac m'a beaucoup aimée, maintenant il s'éloigne un peu, il a des amis, des… il voyage, c'est son droit. Je ne l'en aime pas moins pour cela. Il ne me comprend pas encore mais cela viendra un jour. Alors, ouvrant les yeux, il verra combien est creux le plaisir qu'il cherche hors d'ici… il me donnera à guérir un cœur que d'autres auront blessé… Ne hoche pas la tête, tu le verras. En attendant j'éprouve bien quelque tristesse mais je lève avec confiance les yeux en haut : Dieu me sourit, j'ai des heures de grande sérénité. Non je ne suis pas malheureuse. Chaque battement de mon cœur me dit : Tu fais bien. Je respire librement, fièrement comme si toute la terre était à moi, à moi tout le ciel. Vois-tu bien mon père – ici la voix d'Anna trembla – on peut être admirée et choyée, manger dix fortunes, prendre dix maris à leurs femmes, exercer sur tous un charme irrésistible, mais on n'aura jamais dans la poitrine ce ferme courage qui sait attendre vingt ans son heure et ne pas faiblir en l'attendant.

– Combien de temps ce supplice durera-t-il ?

– Tout le temps que Dieu voudra, répondit Anna.

XXI.

Ottevaere à Anna.
Février 1860.

Le temps des roses passe vite, vite il passe le temps de la jeunesse et du rire frais. La vie est déjà si triste, faut-il qu'Anna se la fasse encore plus noire. Elle s'est assez dévouée, elle a assez donné de ses larmes et de son cœur à un mari qui la trompe ; il est temps qu'elle songe à elle-même.

Elle n'est pas seule au monde, un homme est là qui l'aime, est tout à elle et l'attendra toujours s'il le faut.

XXII.

Ottevaere à Anna.
Février 1860.
Je viens de voir passer devant moi deux amoureux se disant, par leurs bras entrelacés, toutes tes paroles mystérieuses, ô divin amour ! J'étais heureux pour eux, je souffrais pour moi.

Où donc est l'être que j'étais jadis, l'être qui se contentait des joies banales et habituelles de ce monde, celui à qui suffisaient la gaieté des amis, une course à cheval ou le bruit des théâtres. Quand mon âme s'élevait alors, ce n'était jamais que dans les sphères tièdes de la lutte ordinaire de la vie ou dans les cieux froids de l'art. Rien ne pouvait cependant fondre la couche de graisse morale qui couvrait mes pensées et mes sentiments, j'errais sans colère au milieu des haines, des turpitudes et des banalités. Je pactisais avec l'égoïsme et je disais « soit » à la mesquinerie. Je me résignais : résignation ! la tristesse des vieillards est faite de résignations.

Puis c'étaient des douleurs sans nom, des larmes avalées, des colères sans motif, le désir du bonheur se réveillant tout à coup. Malheur à qui vit seul. Alors je cherchais inquiet, un vague idéal, qui ne se présentait jamais à mes regards, puis l'apathie revenait, je travaillais, je pensais, je venais en aide à ceux qui souffrent, je luttais pour une grande cause, mais rien ne me récompensait, ni l'estime des hommes, ni la reconnaissance de ceux dont j'avais fait le bonheur, et toujours il me manquait quelque chose :

Quoi ? – Elle ; vous !

Je vous cherchai et ne vous trouvai point, car vous n'étiez ni celle-ci, ni celle-là, ni cette bourgeoise, ni cette duchesse ; puis tout à coup un beau matin je vaguais par la ville, j'avais tout oublié jusqu'à mes désirs : je vous vis et vous aimai.

Alors mon esprit s'éveilla comme en sursaut. Je vivais enfin : je pensai à Dieu, à l'âme, à toutes les choses sublimes, au dévouement, à l'héroïsme… Puis… j'eus soif de vous.

Ottevaere.
Non, mille fois non, dit Anna en jetant cette lettre au feu. Puis elle prit sa bible, lut le saint livre et pleura.

XXIII.

Le premier mai, Anna fut réveillée à l'aube par une voix grave qui chantait sous sa fenêtre le lied flamand de mai.

Belle aimée combien légèrement tu dors
Dans ton premier rêve.
Je veux rester ici debout et planter le mai,
Il est si beau.

Émue, attentive, charmée, Anna chantait tout bas la réponse :

Je n'en veux point de ton mai,
Je n'ouvrirai point ma fenêtre,
Plante ton mai où il te plaît,
Plante ton mai là-bas bien loin.

La voix reprit :

Qu'en ferai-je ? Où le planterai-je ?
Ce sera dans la rue des Seigneurs,
La nuit d'hiver est froide et longue,
Il y laissera ses fleurs.

Belle-aimée, laisse-lui ses fleurs,
Nous l'enterrerons dans le cimetière,
Près de l'églantier ;
Son tombeau portera des roses.

Belle-aimée et sur ces roses
Sauteront les rossignols.
Et pour nous deux, à chaque mai,
Ils chanteront de douces chansons.

C'était un souvenir d'enfance que ce lied de mai ; jamais depuis son mariage, elle n'avait éprouvé une aussi fraîche sensation. Se levant à demi-nue, elle ouvrit le rideau et regarda celui qui chantait. Une aube d'hiver triste et morne se levait à l'orient dans des nuages gris chargés de neige. Elle vit pour la première fois l'homme qui lui avait écrit de si ardentes paroles d'amour et en le voyant elle se cacha le visage. Ottevaere continuait de chanter :

L'aimée a beau renvoyer
L'amant où il lui plaît
Avec son beau mai,
La nuit a beau être froide et longue,
L'amour brûlera l'aimée
Comme le feu du ciel.

Anna chanta encore tout bas la réponse :

Je n'en veux point de ton mai,
Je n'ouvrirai point ma fenêtre,
Plante ton mai où il te plaît,
Plante ton mai là-bas, bien loin.

Comme s'il eut entendu sa réponse, Ottevaere poursuivit :

La nuit d'hiver est froide et longue,
Le mai a froid, froid le beau mai,
L'amant est triste, l'aimée pleure,
Mais un jour viendra, beau jour
Où l'amant rira, où l'aimée
Ne pleurera plus.

Puis il s'éloigna, Anna ouvrit la fenêtre et le regarda partir.

– Isaac, dit-elle, pourquoi me laisses-tu toujours seule.

Elle entendit soudain un bruit de pas et se rejeta en arrière, elle s'agenouilla pour n'être point vue, le vent glacé chassait dans la chambre des bouffées embaumées. Elle entendit déchausser des pavés et un bruissement de feuilles. Puis les mêmes pas qu'elle avait entendus, s'éloignèrent furtifs ; Anna se releva et aperçut planté sur la chaussée l'arbre de mai couvert des fleurs les plus précieuses ; mais le tronc mal planté ne résista point au vent du matin qui s'éleva, il tomba et avec lui sur le pavé, les énormes bouquets dont il était chargé.

– Quel dommage, dit Anna.

Puis revenant à elle : Des fleurs, dit-elle, que m'importent ces fleurs. Elle se recoucha, pardonne-moi, dit-elle, mon Dieu, j'ai été criminelle un moment.

Deux heures après en se levant et en faisant dans la maison sa visite de ménagère, elle vit des bouquets s'épanouissant dans des vases, des verres et jusque dans des soupières. Il y en avait partout depuis la cuisine jusqu'au grenier.

Kattau se montra : Comment ces fleurs sont-elles ici, lui demanda Anna.

– Madame, répondit Kattau aussi naïvement qu'elle le put, la chaussée en était jonchée ce matin, j'ai cru vous faire plaisir en les ramassant et en en ornant la maison pour fêter le premier jour de mai, mais si vous le voulez, je les jetterai sur le fumier.

– Non, non, dit vivement Anna ; Kattau sourit.

XXIV.

À Monsieur Isaac de Wildensteen.
« Le docte Thomas à Clapporibus, dit dans un beau latin que je vous crois capable de comprendre mais que je m'empresse cependant de vous traduire, il dit donc, ce profond observateur des faiblesses humaines, que l'honneur d'une femme qui reçoit des aubades n'est pas loin d'être malade.

Monsieur, loin de moi l'irrévérencieuse idée de suspecter la vertu de madame votre épouse, mais je dois vous prévenir que les voisins jasent et que j'ai entendu faire sur votre compte des plaisanteries qui sentaient leur corne d'une lieue. Je puis vous indiquer l'endroit où cela se passa, c'est à la Couronne d'Espagne, honnête estaminet où je vais parfois prendre un verre de cassis pour donner du ton à mon estomac dérangé par l'étude.

Monsieur, hier, premier mai, pendant que vous étiez en voyage, un homme que je ne dois plus vous nommer, un libertin, un mauvais sujet, est venu chanter sous les fenêtres de madame votre épouse. Celle-ci a d'abord levé le rideau, puis lorsque le séducteur s'est éloigné elle a sans doute voulu voir son visage, car elle a ouvert la fenêtre et a regardé dans la rue. On a pu voir qu'elle ne porte pas de bonnet de nuit mais une simple résille pour contenir sa chevelure, qui m'a-t-on dit, est abondante. Cela étant fait, des ouvriers sont venus qui, payés par l'homme que vous savez, ont planté devant votre maison, un mai compromettant. Madame s'est alors retirée. Les ouvriers étant partis elle a de nouveau regardé, et elle a pu voir un arbre chargé de fleurs, lequel tomba bientôt ; mademoiselle Kattau, qui sans doute est de connivence avec le planteur de mai, sortit de chez vous et ramassa les bouquets. Je ne doute nullement qu'ils n'embaument en ce moment votre maison.

Veuillez recevoir, monsieur, l'hommage de ma considération et les assurances multipliées de mon respectueux dévoûment.

Votre ami qui doit persister à rester inconnu.
Y. Z.
– Diable ! se dit Isaac, après avoir lu la lettre, il faut que je m'assure, c'est qu'il se pourrait bien…

Il venait d'achever au second, sa toilette, Anna était au premier, Isaac, tenant la lettre à la main, descendit quatre à quatre l'escalier.

Kattau montait précisément : Qu'y a-t-il, que se passe-t-il, où courez-vous ainsi, monsieur, dit-elle ?

– Est-il vrai, demanda-t-il en lui tirant les oreilles, est-il vrai que tu aies ramassé des fleurs ce matin dans la rue et que ta maîtresse ait reçu une aubade ?

– Oui, monsieur, tout cela est vrai, mais dites où est le mal ; madame ne peut défendre à personne de lui donner une aubade. Quant à ce qui est de ramasser des fleurs, je l'ai fait parce que j'ai trouvé qu'elles sont plus à leur place ici que dans la rue. Vous êtes en colère et vous avez envie de faire une scène à madame qui est déjà assez malheureuse comme cela. – Ici Kattau éleva la voix. – Mais je vous préviens que si vous le faites, je lui dirai, moi, ce que vous allez faire tous les deux jours à Bruxelles.

– Chut, fit Isaac, chut…

– Croyez-moi, dit encore Kattau, laissez votre pauvre femme en repos, et si vous ne l'aimez plus, du moins ne la tourmentez pas. Elle est innocente, et je vous assure qu'à sa place il y en a bien d'autres qui auraient depuis longtemps cessé de l'être.

– Tiens, dit Isaac, si j'allais l'embrasser.

– Oui, repartit Kattau, c'est une bonne idée ; madame sera peut-être contente de ramasser quelques miettes de la table de l'autre.

XXV.

Ottevaere à Anna.
Madame, j'ai rêvé : C'était en carnaval, j'entrai dans une grande chambre. Une femme était couchée sur un lit. Cette femme, c'était vous. Je ne voyais pas votre corps sous le drap qui le couvrait, mais seulement votre beau visage. Votre bras pendait hors du lit. Je voulus vous couvrir ; il me semblait que vous aviez froid ; je pris votre bras, il était de plomb ; je touchai votre visage, il était de glace ; votre corps, il avait la rigidité du cadavre : Morte de douleur, dit une voix près de moi. Je me mis à genoux et je priai en tenant votre main dans les miennes. Soudain, je vous vis vous lever ; votre main que je tenais m'attira contre vous. Je me sentis mourir et devenir comme vous froid et rigide ; le lit alors, la chambre, les murs, tout disparut, nous tombâmes. L'abîme était sous nos pieds, à nos côtés, sur nos têtes, partout. La lumière qui nous entourait n'était pas de ce monde, c'était des nuages gris et lumineux que nous traversions toujours

sans savoir où nous descendions dans cette chute vertigineuse. Je vous couvrais de baisers, car je vous aimais morte et je vous suivais dans la mort. Nous ne nous parlions point ; à quoi bon des paroles, nous n'avions qu'une seule pensée : nous, dans l'infini. Nous descendions toujours, et toujours le brouillard succédait au brouillard et l'abîme à l'abîme ; il me semblait que je n'étais plus de chair ni vous non plus ; je ne sentais plus votre corps, et dans le baiser qui nous unissait nous étions mêlés l'un à l'autre comme l'air tiède à l'air chaud, la fumée de l'encens au parfum d'une fleur. Nous touchâmes enfin les bords de la mer des ombres, une mer grise et sinistre. Des âmes railleuses passèrent et dirent : Voilà ceux qui s'aiment d'amour adultère. Je me séparai de vous pour frapper ; vous jetâtes un cri, je m'éveillai.

Pardonnez-moi cette lettre ; je suis fou parce que je vous aime, mais vous m'aimerez aussi, je vous le dis. Votre cœur joue une triste comédie ; pourquoi vous taire ? Je sais que vous êtes pâle et que vous pleurez toutes les nuits.

Anna sonna vivement ; Kattau entra.

Anna tenait à la main la lettre qu'elle venait de recevoir :

– Connaissez-vous cette signature ? demanda-t-elle.

– Oui, madame, répondit la femme de chambre toute rougissante.

– Vous êtes sincère au moins.

– On n'a jamais menti chez nous.

– Pourriez-vous, repartit Anna, me dire si je vous ai jamais donné le droit de parler à celui que vous savez, de ma pâleur ou de mes larmes.

Kattau prit avec effusion les mains d'Anna : Non, madame, dit-elle, non, personne ne m'a donné ce droit, mais je vous aime, je suis votre servante, je me suis imposé la tâche de veiller sur votre bonheur. Ah ! vous ne m'en voudrez plus quand vous saurez pourquoi. Celui qui vous écrit a sauvé mon père au moment où il allait se jeter dans l'Escaut. Il lui a donné tout ce qu'il avait dans sa bourse ; nous étions ruinés, il a rétabli nos affaires. Il a tiré mon père du tombeau et moi de la fange où tombent les filles pauvres quand elles ont le malheur d'avoir un grain de fraîcheur. Kattau raconta alors la scène du pont... Quand mon père est revenu, poursuivit-elle, et qu'il m'a parlé de ce jupon rouge, plus malheureux que lui, au dire de M. Ottevaere, et qui demeurait chaussée de Saint-Amand, j'ai fait causer vos voisins, j'ai appris bien des choses, pauvre dame, et je me suis présentée chez vous ; parce que j'ai une dette de reconnaissance à payer, et que ne pouvant m'acquitter envers lui, j'ai voulu m'acquitter envers vous, parce qu'il vous aime. Madame, je n'ai pas le droit de vous dire du mal de votre mari, mais si vous aviez pris à sa place pour époux celui que les paysans de Meulestee appellent le frère des pauvres, vous seriez la plus heureuse des femmes.

Oui, je vous le dis franchement, je vais chez lui, je lui parle de vous, je dis ce que je vois, ce que vous souffrez et, madame, quand nous sommes à deux à veiller ainsi sur vous, il nous semble que malgré tout il doit, un jour ou l'autre, vous arriver quelque bonheur.

– Embrassez-moi, Kattau, dit Anna, et mettez cette lettre dans votre malle.

Mais se ravisant aussitôt, Anna prit ou plutôt arracha la lettre des mains de sa femme de chambre, la déchira en mille morceaux, ouvrit la fenêtre et les jeta dans la rue. Le vent était fort : ils furent emportés en moins d'une seconde, à une hauteur prodigieuse, tourbillonnèrent au soleil comme une nuée de papillons, puis s'abattirent et disparurent derrière les toits des maisons.

Anna, radieuse comme le devoir triomphant, triste comme la passion combattue, les avait suivis des yeux :

– Puissent ainsi, dit-elle, s'envoler toutes mes pensées coupables !

– Pauvre madame, disait Kattau, vous êtes une sainte !

– Il le faut bien, n'est-ce pas, repartit Anna.

XXVI.

Anna suivit un jour son mari à Ternath, à quelques lieues de Bruxelles. Isaac désirait louer un château dans les environs. Ils se dirigèrent vers la station et montèrent en diligence. Un fier jeune homme et une belle jeune femme avaient pris place vis-à-vis d'eux. Isaac penchait la tête hors de la portière et s'écriait à tout propos : Ho ! les beaux arbres, le beau ciel, les jolis petits oiseaux, le printemps est le réveil de la nature ! Dieu fait bien ce qu'il fait. Qu'il doit être doux d'habiter la campagne ! N'est-ce pas, chère ? Et Isaac serrait tendrement la main d'Anna. Nous boirons du lait, disait-il, et nous mangerons du fromage à la crème… Anna écoutait froidement toutes ces fadaises, car elle savait que si Isaac désirait louer une maison de campagne, ce n'était pas pour y loger des amours légitimes. Elle ne pouvait détacher les yeux des deux jeunes gens assis vis-à-vis d'elle. Ils ne se parlaient pas, ne se serraient pas la main, mais parfois Anna les voyait plonger l'un dans l'autre, leurs regards voilés et pleins d'un profond amour. C'était un jeune couple que le mariage avait pris dans toute la fougue de la jeunesse : un poëte eut mis sur leur front une couronne d'aubépines, des fleurs pour aujourd'hui, des blessures pour demain. Ils descendirent de convoi en même temps qu'Isaac et Anna, et se mirent à courir l'un derrière l'autre, en se faisant des niches sur le chemin : la nature était à ces enfants.

Une chaleur torréfiante montait du sol et descendait du ciel. Partout dans les vastes champs qu'embrassaient ses regards, Anna ne voyait que du feu et de la lumière : les seigles en fleur courbaient voluptueusement leurs tiges souples sous le vent qui passait en s'embaumant de leurs parfums : les saules têtards si nombreux dans les campagnes de Flandre semblaient tordre leurs troncs fantastiques comme s'ils eussent été prêts à éclater sous la séve qui les gonflait. Vivre, vivre ! semblaient murmurer les houblons en s'enroulant autour de leurs lances inanimées ; aimer, semblaient chanter les oiseaux qui passaient en se poursuivant l'un l'autre ; bonheur ! jeunesse ! puissance ! disaient les prés aux herbes molles, les eaux vives, les peupliers frissonnants, les chênes forts et le puissant soleil qui jetait par torrents sa lumière fécondante sur la terre gorgée de vie. Anna baissait la tête et songeait à Ottevaere.

La promenade d'Isaac et d'Anna fut monotone, comme il arrive chaque fois que deux compagnons de route sont absorbés chacun par une pensée particulière. Ils arrivèrent tous deux près de Dilbeek. Soudain ils entendirent des cris, ils virent s'élever au loin une épaisse poussière, une troupe parut, ils ne distinguèrent d'abord rien au milieu de la poussière que les points blancs des visages et le ton bleu des blouses, mais ils frémirent d'horreur quand ils purent voir distinctement passer devant eux, rapide comme le vent, une femme suivie d'une hurlante escorte de gamins. Le visage de cette femme était beau, froid et dur, ses cheveux dénoués lui tombaient sur les épaules, une large égratignure marquait de sang l'une de ses joues, son mouchoir était détaché et lui tombait sur le dos, ses jambes étaient nues. Son jupon en lambeaux semblait avoir été déchiré dans une lutte furieuse ; elle tenait à la main ses sabots pour mieux courir. Des pierres, du fumier, de la poussière pleuvaient sur elle. Parfois elle se retournait sur les gamins pour les menacer ou les maudire, mais alors les huées redoublaient et les pierres tombaient plus nombreuses. À peine cette horrible troupe eût-elle tourné le coin du chemin qu'Anna et Isaac en virent venir une autre. Cette fois c'était un homme que poursuivaient des paysans et des gamins. Celui-là courait comme ne saurait courir un cerf effrayé. Il était pâle, blême et bouffi, tenait également ses sabots à la main, et il faisait bien de fuir, car cette fois il ne s'agissait plus de pierres, ni de fumier, mais de fourches et de pioches aiguës, brillantes et meurtrières. Isaac et Anna eurent à peine le temps d'entendre le bruit de ses pieds nus qui foulaient la poussière d'un pas vertigineux. Les paysans qui ne pouvaient le suivre s'étaient arrêtés et criaient : Laffaerd ! laffaerd ! moordenaer ! overspeler ! (lâche, lâche, assassin, adultère), Isaac et Anna se regardèrent effrayés et se dirigèrent vers Dilbeek pour savoir le mot de ce drame : ils arrivèrent sur la grand'place.

Une femme de haute taille, au visage rouge et dont les bras d'hercule étaient nus jusques aux coudes, pleurait et s'essuyait les yeux de son tablier : Mon fils, disait-elle d'une voix rauque, ils me l'auraient tué, ô la coquine, ô le lâche !

— Calme-toi, la mère, disait l'une des voisines, tu les as punis tous deux et ton fils est libre maintenant.

— Mon fils, mon pauvre fils, sanglotait la femme. Elle aperçut soudain Anna dans le groupe : Voilà, dit-elle, une dame de la ville, mais elle ne trompera jamais son mari celle-là. Il ne faut pas rougir madame. Ho ! il se passe au monde des choses que Dieu ne devrait pas permettre ! Elle prit Anna par le bras : Tenez, dit-elle en la faisant entrer dans une grande cuisine de paysans, vous voyez là dans ce fond, à l'ombre, sur cette chaise, un être pâle et malade. Eh bien, c'est mon fils ça. — Comment es-tu maintenant mon garçon ? L'homme hocha la tête et montra sa gorge avec un geste atroce. — Pauvre muet, dit la mère, je ne sais pourquoi je veux toujours te faire parler, mais la parole te reviendra mon fils, c'est ta mère qui te le dit. Il n'a pas l'air méchant : N'est-ce pas, qu'on n'eut pas dû lui faire de mal ? Et il n'est pas laid : Si vous le voyiez au grand jour. Eh bien il y a deux ans, ce malheureux a épousé une fille de Boendael, celle que vous avez vu passer tantôt et qu'on a tuée en route, j'espère. — L'homme gémissait. — Ne pleure pas, mon fils, tout est fini. Cette fille l'a donc épousé, non qu'elle l'aimât beaucoup, mais j'avais donné à mon enfant quelques bons mille francs, quatre paires de chevaux, autant de bœufs et de vaches et une quarantaine de moutons. C'était alors un des beaux garçons du village, quand tout à coup il y a un an, je ne sais comment cela est arrivé, il a perdu l'usage de ses membres. La coquine que vous avez vu courir et qui est sa femme a pris un amant au lieu de soigner son mari paralytique, tous deux auraient voulu le voir mort, afin d'hériter de son bien, mais ils n'osaient employer ni le couteau, ni le poison. Savez-vous ce qu'ils ont fait alors, la mère rougit, ils ont fait l'amour devant lui, parce que chaque fois que cela se passait, le malheureux qui ne savait pas crier pour appeler au secours, avait d'effrayants accès de colère et qu'ils espéraient qu'il resterait dans l'un de ces accès.

— Ho ! dit Anna, ce n'est pas vrai ça.

— Pas vrai, dit la femme, je viens d'entrer par hasard dans la maison, et je les ai surpris… Mon fils évanoui n'avait plus de force que pour gémir. Mais je suis là, mon pauvre Hendrik, dit-elle, en baisant l'homme au front, quand la femme est mauvaise la mère est bonne, n'est-ce pas, mon fils, et s'ils ont voulu te tuer, eux, je te guérirai, moi. L'homme montrait le poing. — Sois tranquille, dit-elle, pauvre muet, tu es bien vengé, tu as vu comme je les ai pris, comme je les ai battus et comme ils se sont laissés faire. C'est qu'il y a encore de la force dans le bras d'une vieille mère quand elle veut venger son enfant. J'ai marqué de mes ongles le visage de cette gueuse, je lui ai déchiré son bonnet et sa jaquette, quant à l'homme je l'ai jeté dans la mare qui est ici en face. Il en est sorti couvert de l'habit qui lui va le mieux.

— Il y a une justice au ciel, dit Anna.

— Et des juges à Bruxelles, madame, répondit la mère.

Anna tremblante et effrayée allait sortir de la maison.

– Place, dit une paysanne portant un seau, on va purifier la maison.

Isaac et Anna quittèrent Dilbeek, le cœur gros. Pendant plusieurs nuits Anna rêva qu'elle était comme la femme adultère poursuivie et couverte de boue par une foule hurlante. Elle s'éveilla chaque fois, baignée de larmes. Elle ne voulut plus sortir de chez elle, ni même se mettre à la fenêtre.

XXVII.

Kattau trouva par hasard sur le secrétaire d'Isaac, les deux lettres de l'ami inconnu. Elle les communiqua à Anna qui les lut, haussa les épaules et dit à Kattau de les remettre où elle les avait prises.

Un matin d'octobre, Anna sortit, il avait plu : elle allait voir son père que la goutte retenait dans sa petite maison du quai aux Herbes. Braf la suivait. Le cabaret de la Couronne d'Espagne était situé vis-à-vis de la maison. Un homme était là qui vidait un verre de cassis. Au moment où se fermait la porte cochère, il mit quelque monnaie sur le comptoir et sortit du cabaret. Il portait des lunettes, sa face était bouffie et blanche comme de la craie, sa redingote graisseuse était trop longue, son chapeau pelé, ses pantalons étaient trop courts et ses souliers avachis. – Il tira de sa poche un petit livre relié en basane et suivit Anna en ayants soin de lever de temps en temps les yeux de dessus le livre. Ils arrivèrent ainsi au marché du Vendredi. Braf cependant avait fait lever une troupe de moineaux, il se lança à leur poursuite ; l'homme au bouquin était sur son chemin, il le renversa, l'homme jeta les hauts cris, appela la garde, se releva et regarda d'un air courroucé et mélancolique, son chapeau, son bouquin et sa canne qui gisaient dans la boue. Braf était déjà loin, des gamins s'assemblèrent autour de l'homme et le huèrent.

Il n'eut pas le courage de paraître se soucier de ces huées, il remit sa canne sous son bras, se recoiffa, chercha un refuge dans un débit de liqueurs voisin et demanda un verre de cassis.

Puis il tira de sa poche un foulard de coton, s'en servit pour enlever la boue du livre relié en basane et dit en le voyant si maculé : Ô noble Horace on t'a crotté bien irrévérencieusement !

XXVIII.

Madame, dit Kattau quelques jours après, le facteur vient d'apporter cette lettre pour monsieur. Elle est de la même écriture que les deux autres. Anna fit sauter le cachet et lut ce qui suit :

Monsieur,
Dussent les plus horribles traitements faire de moi leur victime infortunée, dussé-je être traîné dans la boue ou mourir sous la dent des bêtes féroces, je dois, Monsieur, vous prévenir que cette nuit, un homme est entré dans votre jardin, que Madame votre épouse était à la fenêtre, qu'elle est descendue, a causé avec cet homme et qu'après une longue conversation que l'on peut sans témérité qualifier peut-être de criminelle, l'homme a sauté par dessus le mur.

Un ami désolé.
Y. Z.
Voici ce qui s'était passé. Une nuit, Anna était seule chez elle, Isaac se trouvait à Bruxelles, les domestiques étaient au bal. Anna qui ne pouvait dormir descendit au jardin ; la nuit était tiède et assez claire, Braf la suivait. À peine eut-elle fait quelques pas, qu'un homme parut sur la crête du mur et sauta dans le jardin. L'homme avait à peine mis pied à terre que Braf sautait déjà sur lui ; mais en moins de rien le chien fut terrassé. Anna que la peur gagnait déjà, fut heureuse d'entendre une voix douce qui lui disait : Ne craignez rien, madame, je voulais vous voir, je vous ai vue, je m'en irai maintenant si vous voulez. Vous n'avez rien à craindre de moi, ajouta-t-il, il me faut une force surhumaine pour rester une minute de plus

maître de votre chien, sans l'étrangler ou sans qu'il m'étrangle : appelez-le, je ferai après cela ce que vous voudrez.

Anna confiante s'approcha d'Ottevaere et caressant Braf :

– Braf, dit-elle, levez-vous.

Braf en entendant cette voix douce, cessa de gronder et de s'agiter ; Ottevaere alors se leva. Braf se retourna sur lui, puis regarda Anna comme pour lui demander si c'était un ami qu'il avait attaqué.

Ottevaere était debout devant Anna : Nul bruit ne troublait le silence de la nuit, que le bruit de la rosée qui tombait des arbres sur les feuilles sèches et celui de quelque ramille qui, se détachant de leur sommet, tombait de branche en branche, sur le chemin. Anna tremblait et ne trouvait pas une parole à dire. Ottevaere non plus ne savait parler. Anna entendait ses dents claqueter par la force de l'émotion : mais reprenant la première son courage :

– Pourquoi, dit-elle doucement, entrez-vous ici la nuit, comme un voleur ? Ne savez-vous pas que c'est m'insulter et risquer de me perdre de réputation.

– Pardonnez-moi, dit Ottevaere, c'est vrai, je ne savais ce que je faisais, mais il y a si longtemps que je vous aime et que je souffre.

– Il faut savoir souffrir, dit Anna.

– Il faut, gronda-t-il ; pourquoi faut-il ?...

– Vous vous plaignez, dit-elle ; n'y a-t-il donc plus de courage en ce monde. Celui qui a tout, comme vous, doit-il verser des larmes de femme. N'avez-vous pas de Dieu que vous priez, de Bible que vous lisez et un cœur fort pour vous soutenir dans la vie ?

– Ho ! la femme du devoir, dit-il avec colère, la femme sans pitié.

– Vous êtes méchant, dit-elle.

– Moi, dit Ottevaere.

Trois heures sonnèrent, le ciel se fit blanc, un coq chanta.

– Trois heures, dit Ottevaere, l'heure des sommeils profonds ; ton mari ne s'éveillerait pas, si j'étais près de toi, dans votre chambre nuptiale. Nous sommes seuls, Anna ; je puis t'emporter malgré toi, malgré tout.

– Il n'y a pas, dit Anna, de force pour forcer une âme forte.

– Ho ! je le sais, dit-il, en frappant du pied, je le vois.

– Est-ce à vous à vous fâcher, dit Anna.

– Non, dit-il, non ; pardonnez-moi. Faut-il attendre dix ans, vingt ans, mon bonheur, Anna, madame, répondez-moi un mot, un seul.

Il était là, suppliant à genoux, timide comme un enfant, triste comme l'amour malheureux, et cependant elle était là aussi devant lui, la tête découverte, sa belle chevelure tombant en épais rouleaux sur son cou ; la gorge à demi dévoilée, les bras visibles jusqu'au pli harmonieux du coude dans les larges manches de sa robe de chambre, belle enfin et désirable comme la beauté elle-même.

Mais Ottevaere avait regardé le front d'Anna, siège des pures pensées ; il voyait briller ses grands yeux bruns, clairs comme l'innocence, tristes et résolus comme un regard de martyr ; il avait entendu sa voix où vibrait la corde d'acier d'une volonté ferme.

– Partez, lui dit-elle tout à coup.

– Partir, répéta-t-il humblement.

– Oui, dit-elle.

Il sauta par-dessus le mur.

Depuis lors, Anna pensa et rêva tout haut ; le mot qui revenait le plus souvent sur ses lèvres était : non. Puis c'étaient des extases sans fin, des absorptions profondes, des rires sans motif, des larmes silencieuses : Ha ! disait-elle souvent à Kattau, pourquoi Dieu ne m'a-t-il point donné d'enfants ?

XXIX.

Nous sommes à la fin d'octobre. Anna et Isaac causent auprès du feu. Anna est triste, Isaac est maussade.

– Pourquoi, demande la jeune femme, ne vas-tu plus à Bruxelles depuis huit jours ?

– Je n'y ai que faire.

– As-tu acheté beaucoup d'actions de tous les emprunts ?

– Beaucoup.

– Il reste donc bien peu d'argent en caisse ?

– Pourquoi ?

– C'est que voici des notes, l'une est de mille florins : frais de réparation et d'entretien d'une ferme à Vrouwe-Polder, construction d'un lavoir…, etc. En voici une autre plus forte ; la main d'Anna trembla, elle vient de Buis, joaillier à Bruxelles.

– De Buis ? impossible !

– Vois plutôt, tu pâlis.

– Mais oui… comment ?

– Comment j'ai cette note. On me l'a adressée, je l'ai ouverte. Je vois là douze mille francs de bijoux que je n'ai pas portés ; ouvre la caisse, il faut payer cela de suite… ouvre donc… elle contenait soixante mille francs quand je te l'ai remise.

– Anna, je dois, il faut… écoute, gronde moi, bats-moi, appelle moi des noms qu'il te plaît, mais il n'y a plus un sou dans la caisse…

– Soixante mille francs en trois mois !

– Nous vendrons une ferme.

– Non. Il manque quatorze mille francs, je les ai. Anna monta à sa chambre. Voici, dit-elle, en descendant cinq mille florins, ma dot que tu n'as pas voulu recevoir de mon père. Voici ensuite tous mes bijoux, nous les vendrons ; cette rivière de diamants vaut à elle seule toutes les parures de l'autre…

La vente des bijoux produisit vingt-trois mille francs, auxquels Isaac eut le honteux courage de joindre les cinq mille florins de la dot d'Anna.

XXX.

Ottevaere à Anna.

Chère aimée, martyre volontaire, quelle vie mènes-tu ? Sais-tu bien qu'on en meurt ou qu'on en devient folle ? Regarde, il neigera aujourd'hui ; le temps est gris et l'on dit qu'il fait froid. Si nous étions à nous deux ? Nous vois-tu ? Tiens, nous sortons ensemble, toi à mon bras, quel rêve ! Comme deux enfants, nous rions, nous marchons vite, serrés l'un contre l'autre. Nous traversons vingt rues au grand pas de notre jeunesse ; devant nous s'ouvrent la campagne et les libres horizons. Le ciel est gris, couvert et morne ; que nous importe ; il est en nous un soleil, notre amour, qui éclaire toute cette tristesse. Nous marchons, nous parlons, quelle joie ! quelle chanson divine ! la force et la beauté. Comme cette campagne est vaste : un baiser ! Non, je me trompe, je rêve, je suis fou. Oui, il fait triste aujourd'hui, il fait froid, je suis seul et tu pleures.

Anna pleura en effet après avoir lu ces quelques lignes. Puis elle prit sa Bible, en lut quelques versets, chercha le calme et en trouva un peu.

XXXI.

Anna dit un matin à Kattau : Il faut que je trouve un moyen d'attacher au logis mon mari. – Le moyen fut trouvé bientôt.

La maison devint, à dater de ce jour, un véritable paradis orné de fleurs, peuplé d'oiseaux, rempli de meubles aux formes charmantes. Le déjeûner, le dîner, tous les repas furent des festins. Il ne parut à table que des vins vieux et des viandes exquises. Isaac qui était un peu gourmand comme tant d'hommes, fut enchanté de ce splendide ordinaire et devint meilleur pour sa femme.

Anna crut avoir réussi et montra une joie enfantine ; c'était trop se presser. Il arriva plusieurs fois de suite que la cuisinière ne retrouva pas le lendemain les restes du dîner de la veille. De plus, les gonds de la porte cochère, les charnières des portes des appartements, du rez-de-chaussée, les pênes, les clés, les verroux et les serrures furent si bien graissés par une main invisible qu'ils roulèrent, glissèrent et s'ouvrirent avec aussi peu de bruit que si toute cette ferrure eut été de soie.

XXXII.

Il neige, les légers flocons tombent mollement ; pas de bruit, pas un souffle ; une tranquillité profonde, un calme indicible sont répandus dans l'air ; la réverbération du gaz sur les flocons semble entourer les réverbères d'un globe d'ouate lumineuse ; l'heure, onze heures sonnent étouffées à tous les clochers.

Anna sort de chez elle, Braf la suit ; elle casse la chaîne de sa montre, détache ses bracelets : – Plus de souvenirs de lui, dit-elle. Elle va les jeter dans la neige, quand passe une fille : – Le temps est mauvais, dit-elle, commère, pour le métier. – Approche, répond Anna, j'ai un cadeau à te faire. – Un cadeau, dit la fille, voyons : une montre, une chaîne, des bracelets, des bagues. Ce n'est pas du faux n'est-ce pas. – Non, dit Anna en continuant sa route. Son chapeau est couvert de neige, ses épaules sont toutes blanches, les flocons glissent nombreux sur son châle, sa robe de soie et ses souliers qui lui couvrent à peine le bout du pied. Elle marche vite, Braf la suit. Elle arrive ainsi au quai aux Herbes, à la maison d'Hermann. Là elle compte trouver un abri. Elle sonne, on n'ouvre pas. Frissonnante et transie, elle colle l'oreille contre la serrure, pour écouter si elle n'entendra pas un bruit de pas sur l'escalier, elle n'entend rien. On n'ouvre pas, elle frappe de ses petits poings sur la porte, pas de réponse. Elle s'assied sur le seuil, ne sait que penser et se demande si son père est mort ou malade. Une sueur froide lui coule sur tout le corps ; elle voit dans l'eau de la Lys, sur les bateaux, sur le quai, partout mille images confuses et sinistres. – Ha ! dit-elle, pourquoi y a-t-il des portes aux maisons ? Un batelier passait qui revenait du cabaret. – Que fais-tu là, dit-il, belle dame ? – Je frappe, répond Anna, à la maison de mon père. – Il dort, dit le batelier, et celui qui réveillera Hermann dormant, devra faire plus de bruit qu'une trompette. Veux-tu venir t'abriter dans mon bateau ? – Non, j'aime mieux attendre ici. – Comme tu voudras ; le lit est dur et les draps sont humides. Bonne nuit. Le batelier s'éloigne. Anna se promène de long en large devant la maison en regardant les fenêtres silencieuses et la neige qui tombait dans la Lys avec un bruit sourd et monotone. Une heure se passa ainsi. – Patience, disait Anna reprenant un peu de force, d'espoir et de courage, j'aime mieux l'épreuve du froid que celle de la douleur. Puis les idées noires lui revenant, elle criait : – Mon père, pourquoi ne t'éveilles-tu pas ? Ne sens-tu pas que j'ai besoin de toi ? Ses vêtements étaient trempés. Elle s'assit de nouveau sur le seuil, et frappa du talon contre la porte. Depuis longtemps les roquets de garde sur les bateaux aboyaient furieusement, Braf grondait. – Tais-toi, Braf, dit Anna le plus gaiement qu'elle le put, ces chiens font leur devoir. Un batelier monta sur le pont de l'un des bateaux, et voyant Anna : – Femme, dit-il, tu pourrais bien aller faire l'amour ailleurs : il prenait Braf pour un homme ; puis il descendit. Les chiens ayant remarqué qu'on avait répondu à leur appel, cessèrent d'aboyer. Le silence se fit, silence morne. À deux heures du matin, le vent changea de direction et tourna subitement du sud au nord, de froids tourbillons mêlés de neige et de grêle se ruèrent sur la porte. Anna crut qu'elle allait mourir de froid. Soudain elle vit briller au cou de Braf son collier de cuivre, elle se dit qu'en jetant le collier dans le carreau, elle éveillerait infailliblement Hermann. Elle se crut sauvée, mais le collier se fermait et s'ouvrait par une clé qu'elle n'avait pas. Elle essaya de faire glisser le collier par-dessus la tête du chien. Impossible. – Une pierre, dit-elle, vaudrait encore mieux. Elle chercha du pied dans la neige, rencontra un tesson de cruche et le jeta dans le carreau. Pendant qu'elle regardait pour juger de l'effet produit, elle entendit Braf aboyer, le vit courir à un homme qui venait du côté de l'église Saint-Michel. – Hé là-bas, cria l'homme, qui est-ce qui casse les vitres chez moi. – Moi, mon père, répondit joyeusement Anna. D'où viens-tu si tard, ajouta-t-elle ?

– D'un repas de noces, dit Hermann. Et toi ?

– D'une maison où vient de se rompre un mariage.

– Le tien ?

– Le mien.

– Tant mieux. Entre mon enfant.

XXXIII.

Quand le père et la fille se furent longuement embrassés, que les bûches flambèrent dans l'âtre et que les vêtements d'Anna furent séchés :

– Maintenant, ma fille, dit Hermann, tu vas me raconter comment ce bonheur t'est tombé du ciel.

– Écoute donc, mon père. Depuis quelque temps Kattau me voyant souffrir, rôdait autour de moi, et à chaque occasion disait en hochant la tête : « Ha ! si madame savait. Elle habite Gand maintenant. » Je savais mieux qu'elle ce qu'elle voulait m'apprendre ; Isaac me trompait. J'avais essayé de tout pour le ramener, la bonté, la douceur, les caresses, rien ne m'avait réussi ; j'avais employé le suprême moyen, le bien-être à la maison. Tu vas voir comme il m'en a récompensée. Cette nuit, à onze heures, Kattau entre brusquement dans ma chambre : – Madame, dit-elle vivement et à voix basse, elle est ici. – Qui ? – La maîtresse de monsieur. – Sa maîtresse, tu comprends, père, sa maîtresse chez moi, dans cet intérieur dont j'avais voulu faire un séjour sacré de gaieté et de tranquillité d'âme. « Madame, descendez doucement, me dit Kattau, ils sont en bas dans la salle à manger. » Je fais ce que Kattau me dit, je descends, j'arrive au vestibule, je vois un rayon de lumière filtrer sous la porte, j'ouvre, ils étaient là, elle près de lui. Fi ! ivres tous deux, ils avaient soupé chez moi. Des bouteilles, de la nourriture, étaient sur la table. Quelle femme ! une belle poupée, blanche, bouffie, fardée, le regard mort et insolent, grasse d'une graisse maladive. Il se leva d'auprès d'elle, furieux et blasphémant : « Que venez-vous faire ci, dit-il, montez à votre chambre. » Voyant que je n'obéissais pas, il voulut s'élancer sur moi et faillit tomber. La femme qui fumait étendue dans un fauteuil, dit alors en ricanant : – Tiens, petit, je te croyais plus solide. – Montez, cria-t-il, montez à votre chambre où je vous… Il leva le poing. – Ha, petit, dit la femme, ce n'est pas d'un gentilhomme. – Écoutez-moi, lui dis-je. – T'écouter, dit-il, comme si je ne savais pas ce que tu as à me dire, tu es jalouse n'est-ce pas, et tu trouves mauvais que j'amène ici cette belle créature. – Petit, dit la femme, tu es bête. – Jalouse, répondis-je, non Isaac, je ne suis pas jalouse, car tout l'or du monde ne me ferait pas vous estimer ni vous aimer un instant de plus. Dès à présent, je me considère comme libre sans que ni lois, ni tribunaux me fassent revenir à vous. Il ricanait. – Je t'ai tout donné, continuai-je, ma jeunesse, ma beauté, mon dévouement, tout. J'ai assez fait, je ne te dois plus rien, je te quitte, sans te haïr, Isaac, et en te souhaitant, si cela est possible, du bonheur dans la triste vie que tu vas mener. Sa colère tomba. – Est-il vraiment vrai, dit-il, que vous partez ? – Oui, dis-je, vous savez qu'il le faut. Il réfléchit quelque temps. – Vous avez raison, répondit-il. Et me voici, mon père.

Trois jours après arriva chez Hermann une lettre d'Isaac, qui demandait le divorce par consentement mutuel.

XXXIV.

Le lendemain, Ottevaere reçut une bible flamande reliée avec un certain luxe. Elle devait avoir servi de cadeau en une circonstance solennelle. La tranche en était dorée et la couverture de chagrin noir bordée de vermeil. Sur la première page, une main, visiblement émue en écrivant, avait tracé ces mots en gros caractères :

« Anna Hermann, mon agneau, le jour de ton baptême, ton père Josephus te donne cet ami.

« 7 juillet 1839. »

Ottevaere savait que le livre saint avait été réellement l'ami d'Anna et son compagnon.

— Peut-être, se dit-il, vais-je y lire l'histoire de son cœur.

En effet, la date du 29 novembre 1857, jour où Anna avait reçu la première lettre d'Ottevaere, se trouvait à côté du verset suivant :

« C'est en vain qu'on jette le filet devant les yeux de ceux qui ont des ailes. »

En d'autres endroits une aiguille avait marqué de points agglomérés ces versets significatifs :

« L'adultère perdra son âme par la folie de son cœur. »

« La femme vigilante est la couronne de son mari. »

« Qui trouvera une femme forte ? »

« Le cœur de son mari met sa confiance en elle. »

« Elle lui rendra le bien et non le mal. »

« La grâce et l'amitié délivrent. »

Des larmes étaient tombées sur ce verset terrible :

« Tous les jours du pauvre sont mauvais. »

Ottevaere frissonna.

Plus loin il lut :

« L'espérance différée afflige l'âme ; le désir qui s'accomplit est un arbre de vie. »

Puis il vit encore, taché par des larmes, le verset suivant :

« Quoiqu'il arrive au juste, il ne s'attristera point.

« Les billets du sort se jettent dans un pan de la robe, mais c'est le Seigneur qui en dispose. »

Ottevaere chercha encore, et trouva ce passage souligné :

« Avant que la chaîne d'argent soit brisée ; que la bandelette d'or se retire ; que la cruche se brise sur la fontaine ; que la roue se rompe sur la citerne ; que la poussière rentre en la terre d'où elle avait été tirée. »

Avant ? se demanda Ottevaere.

Le verset suivant répondait d'une manière mystérieuse :

« La lumière est douce et l'œil se plaît à voir le soleil. » Ici des larmes.

L'ongle d'Anna avait souligné le verset suivant :

« Ma force n'est pas la force des pierres et ma chair n'est pas de bronze. »

La date du 29 novembre 1860 se trouvait sur la marge du livre à côté des versets suivants :

« Il y a temps de pleurer et temps de rire.

« Il y a temps pour aimer et temps pour haïr.

« Il y a temps de conserver et temps de rejeter. »

Ottevaere, radieux, mit la Bible sous son bras et courut jusque chez Hermann.

Anna l'y attendait. Quand elle le vit venir, elle le montra à son père : Voici, dit-elle, celui dont je t'ai parlé.

Ottevaere entra. Il alla droit à elle sans s'inquiéter de Braf ni d'Hermann.

– M'aimes-tu ? demanda-t-il.

– Oui, répondit-elle.

Puis elle lui raconta tout ce qui s'était passé.

Ottevaere lui prit à deux mains le visage.

– Pauvre captive, dit-il, enterrée dans une cage noire, il était temps que sonnât pour toi l'heure du soleil.

– Il fait clair là-dedans maintenant, dit Anna, en se frappant le front avec un geste enfantin.

– Mais si, demanda Hermann, Isaac n'avait pas rompu violemment les liens du mariage, tu serais restée fidèle et serais morte à la peine.

– Oui, répondit fermement Anna.

– Père Hermann, dit Ottevaere en se mettant gaiement à genoux, veux-tu dès à présent me regarder comme ton fils.

– Je le veux bien, répondit Hermann, puisque je viens de voir Braf le Prophète qui te léchait la main. C'est qu'il donne son consentement.